No 27

SCOOBY-DOO!

Pan
l'aquarium

Sonia Sander
Illustrations de Duendes del Sur
Texte français de France Gladu

Éditions
SCHOLASTIC

Conception graphique de Henry Ng

Titre original : *Scooby-Doo! And the tank of terrors*
ISBN : 978-1-4431-2653-3

Édition publiée par les Éditions Scholastic, 604, rue King Ouest, Toronto (Ontario) M5V 1E1.

5 4 3 2 1 Imprimé au Canada 119 13 14 15 16 17

— C'est une vieille légende, dit le directeur. Certains racontent qu'il cherche un trésor enfoui depuis longtemps. Mais ne vous en faites pas, ce sont des histoires.

— *R'hi, r'hi, r'hi, r'hi, r'hi*, rigole Scooby.
La pieuvre s'amuse à le chatouiller.
— Euh, Benoît Barracuda aurait pu nous prévenir à propos de cette pieuvre sans-gêne! dit Sammy.
— Mais elle est mignonne, Sammy, dit Daphné. Elle veut seulement jouer avec toi.
— Ouais, mieux vaut encore une pieuvre taquine qu'un fantôme effrayant, convient Sammy.

— Sammy! s'écrie Véra. Cette nourriture est pour les raies!
— Nous voulions juste nous assurer qu'elle est de bonne qualité! dit Sammy.
— Ça alors! lance Daphné. Venez voir ce que j'ai trouvé! C'est une pièce d'or!
Benoît saisit la pièce.
— Elle est sans doute fausse, dit-il. Un enfant a dû la jeter dans l'aquarium. Je vais la rapporter aux objets perdus.

Mais une autre surprise attend les amis.

— Aïe! Le plongeur fantôme! s'écrie Sammy. Courez! Euh… Nagez!

Scooby et le reste de la bande traversent l'aquarium à la nage aussi rapidement qu'ils le peuvent.

Fred trouve une caverne. Le groupe s'y cache en attendant que le plongeur fantôme s'éloigne.

— Bon sang! dit Daphné. Il s'en est fallu de peu. Mais pourquoi y a-t-il une caverne dans l'aquarium?

— C'est une remise, dit Fred. Regardez, il y a même un aspirateur, ici.

— Hé, mais ce n'est pas un aspirateur! constate Véra. C'est un détecteur de métal.

Avant que les amis puissent en découvrir davantage, ils sont eux-mêmes découverts!

— *R'hi, r'hi, r'hi, r'hi, r'hi*, rigole Scooby. Mais cette fois, ce n'est pas la pieuvre qui le chatouille : c'est le plongeur fantôme!

— Cet affreux plongeur est de retour! s'écrie Sammy.

Les amis s'enfuient de nouveau. Le plongeur est à leurs trousses. Vite, il faut trouver un endroit pour se cacher.

— Là-bas! crie Daphné. Allons dans ce vieux sous-marin miniature!

— Juste ciel! dit Véra. Vous avez vu ce plan de l'aquarium? Quelqu'un cherche certainement quelque chose.

— Et je me doute de qui il s'agit, dit Fred.

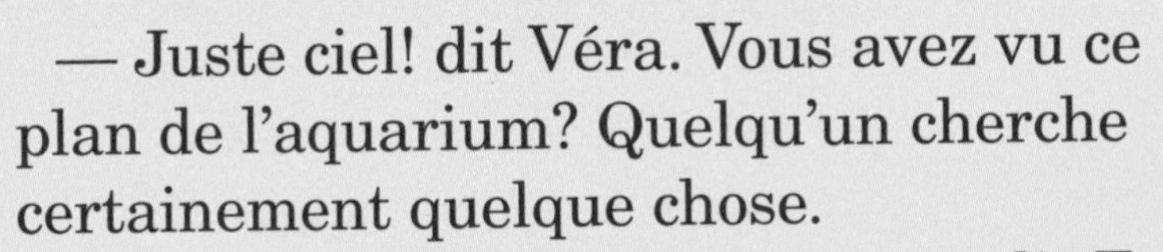

— Je sais ce que cherche le plongeur fantôme, dit Daphné, en brandissant une autre pièce d'or.

— Ah, mais je me rappelle, dit Véra. J'ai déjà vu cette pièce. Il y a quelques années, quelqu'un a volé une centaine de pièces comme celle-ci dans le coffre au trésor du petit musée de l'aquarium. On n'a

jamais retrouvé les pièces, ni le voleur.
Daphné acquiesce.
— Le voleur doit avoir caché les pièces ailleurs dans l'aquarium, dit-elle. Dans l'un des autres bassins, par exemple...

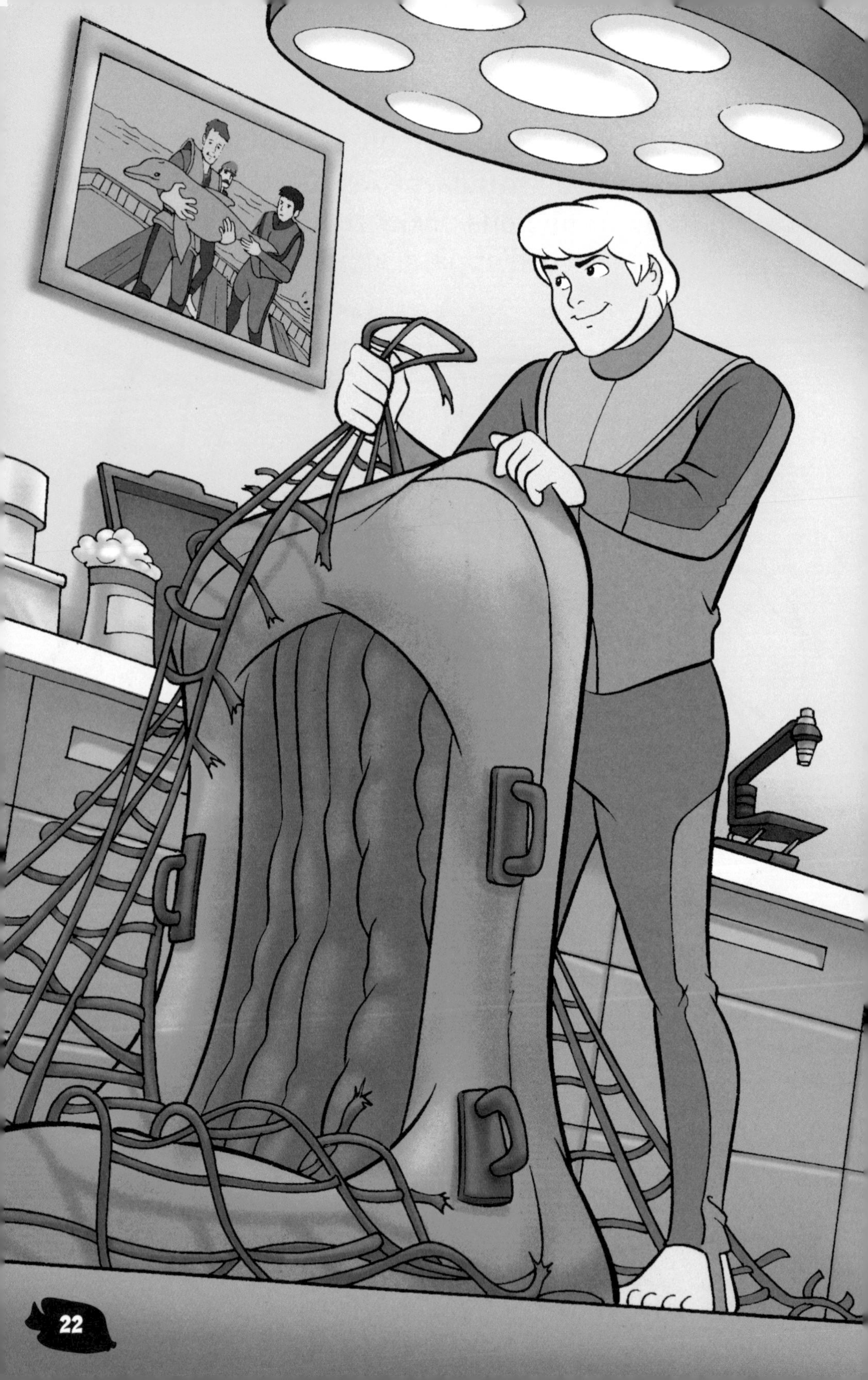

— Eh bien les amis, je crois qu'il est temps de tendre un piège à ce sinistre plongeur fantôme. Et je sais ce que nous allons faire, dit Fred.

— S'il te plaît, ne nous annonce pas que Scooby et moi allons servir d'appâts, supplie Sammy.

Mais Fred a déjà tout installé. Il a tendu un grand filet dans l'un des bassins. Et comme d'habitude, Sammy et Scooby sont les appâts.

— R'ant pis! soupire Scooby.

— Ouais, mais ce serait bien si nous pouvions choisir le rôle que nous voulons jouer, pour une fois, grogne Sammy.

Fred, Daphné et Véra guettent le plongeur fantôme. Lorsque le plongeur se lance à la poursuite de Sammy et de Scooby, ils mettent les remous en marche. Les jets d'eau poussent le filet vers le plongeur. Le voilà bientôt pris au piège.

La bande hisse le plongeur fantôme hors de l'eau.

— Il est temps de découvrir qui se cache dans ce scaphandre, déclare Fred.

— Benoît Barracuda! s’écrie Michel Merlan. C’est vous qui avez dérobé ces pièces!
— Nous aurions dû deviner que c’était vous lorsque vous avez pris la pièce que Daphné avait trouvée, dit Véra.
— Je serais riche, si vous ne vous étiez pas mêlés de ça, jeunes fouineurs! lance Benoît.

Pour les remercier, Michel Merlan invite Sammy et Scooby à jouer les vedettes du spectacle des otaries.

— Scooby-Dooby-Doo! crie Scooby.